怪談十二か月 春
花散《ち》らす雨の記憶《きおく》

春

4月

5月

6月

春4月

怪談《かいだん》部屋

はじめてのひとり暮《ぐ》らし。
大学のある地方都市で、
新築《しんちく》四階《かい》建《だ》ての建物。
しかも二階の角部屋だ。
ぴんぽーん
玄関《げんかん》チャイムが鳴った。
防犯《ぼうはん》のため、
全室のインターホンにカメラがついている。
そこには若い女性《じょせい》が映《うつ》っていた。
「どちら様ですか？」

「隣《となり》の者です。
引越《ひっこ》しのご挨拶《あいさつ》をいただいて……」
ああ、そうだった。
不動産屋さんは、
今どきは引越《ひっこ》しの挨拶《あいさつ》をしない方が多い、
と言っていたけれど、
「お隣《となり》さんくらいにはご挨拶《あいさつ》をしなさい」
と母に言われて、引越《ひっこ》しの当日、
挨拶《あいさつ》に行った。
留守《るす》だったので、

メモといっしょに紙袋《かみぶくろ》をドアノブにかけておいた。

ドアを開《あ》ける。

「すみません。お留守《るす》だったので、勝手に」

「いえ、こちらこそ。

ご丁寧《ていねい》にありがとうございました。

学生さんですか?」

「そうです」

「よろしくお願いします」

簡単《かんたん》な挨拶《あいさつ》を交《か》わし、ドアを閉めた。

いい人みたいで少しホッとした。

それから一週間後の夜のことだ。

そろそろ寝《ね》ようと思った時、
玄関《げんかん》チャイムが鳴った。

インターホンには隣《となり》の女性《じょせい》が映《うつ》っている。

「はい」

「静かにしてくれませんか」

わたしは一人で過《す》ごしていた。

まだ部屋に呼《よ》べるほど親しい友だちはいない。

なぜ？　迷《まよ》ったけど、ドアを開《あ》けた。

「うるさいのは、ホントにうちですか？」

女性《じょせい》は部屋の中を、覗《のぞ》き込《こ》むように、ぐいっと首を伸《の》ばした。
なんだか気味が悪い。
仕事のストレスが溜《た》まっているのだろうか。
「違《ちが》ったみたい。ごめんね」
女性《じょせい》は小声で謝《あやま》り、すっとドアから身を引いた。
ドアを閉めたが、眠気《ねむけ》はすっかり消えてしまった。
しかたがないので、本でも読もうと本棚《ほんだな》に手を伸《の》ばしたその時、
壁《かべ》の方から、
キャッキャッ……
子どものはしゃぐ声が聞えた。

テレビの音かな？

今まで他の部屋の音が聞えたことはない。

子どもの声は段々《だんだん》大きくなった。

うるさいくらいだ。

隣《となり》の女性《じょせい》もひとり暮《ぐ》らし。

この声はもしかしたら、上の階の音かもしれない。

同じ階の人たちは、何度か見かけているが、

三階、四階の人は全然知らない。

１ＤＫの部屋ばかりと聞いていたが、

上の階には小さい子どものいる家族が住んでいるのかも。

考えている間に、
いつの間にか声は聞えなくなっていた。
翌朝《よくあさ》、ドアを開《あ》けると、
ちょうど隣《となり》の女性《じょせい》も家を出るところだった。
勇気《ゆうき》を出して挨拶《あいさつ》をする。
「おはようございます」
女性《じょせい》はわたしを見ると、一瞬《いっしゅん》、眉《まゆ》を曇《くも》らせたが、
会釈《えしゃく》をしてくれた。
「あの、昨夜」
「ごめんなさい。あれは子どもの声ね」

「上の階じゃないかと思うんですが」

「あなたも聞いたの？」

うなずくと、女性《じょせい》はホッとしたような笑みを浮《う》かべた。

「よかった。わたしの空耳じゃなかったんだ。

昨夜は一晩中《ひとばんじゅう》ずっと聞えていて、眠《ねむ》れなくて。

今度、不動産屋さんに相談してみるわ」

一晩中《ひとばんじゅう》？

それ以来、出かける時間帯が違《ちが》ってしまったらしく、

隣《となり》の女性《じょせい》とは顔を合わせていない。

夜の子どもの声はそれからも、時々聞えた。

勉強をしている時など、うるさいと思うこともある。
笑い声はともかく、
ギャアギャア泣《な》き叫《さけ》ぶ声が聞えることもあった。
わたしはいつの間にか、
頭の隅《すみ》のどこかで、
この声はどこから聞えるのか、
子どもの声を探《さが》すようになっていた。
四月もまもなく終わる晩《ばん》、
ふとお隣《となり》を訪《たず》ねて、
不動産屋さんに聞いてみた結果を

教えてもらおうと思いついた。
玄関《げんかん》を出る。
朧月《おぼろづき》がぼんやり空に浮《う》かんでいた。
空気が生暖《なまあたた》かい。
お隣《となり》のチャイムを鳴らす。
返事がない。
時間は八時を少し過《す》ぎたばかり。
「まだ帰ってないのかな?」
と思った時、
部屋の中で何かが動く気配《けはい》がした。

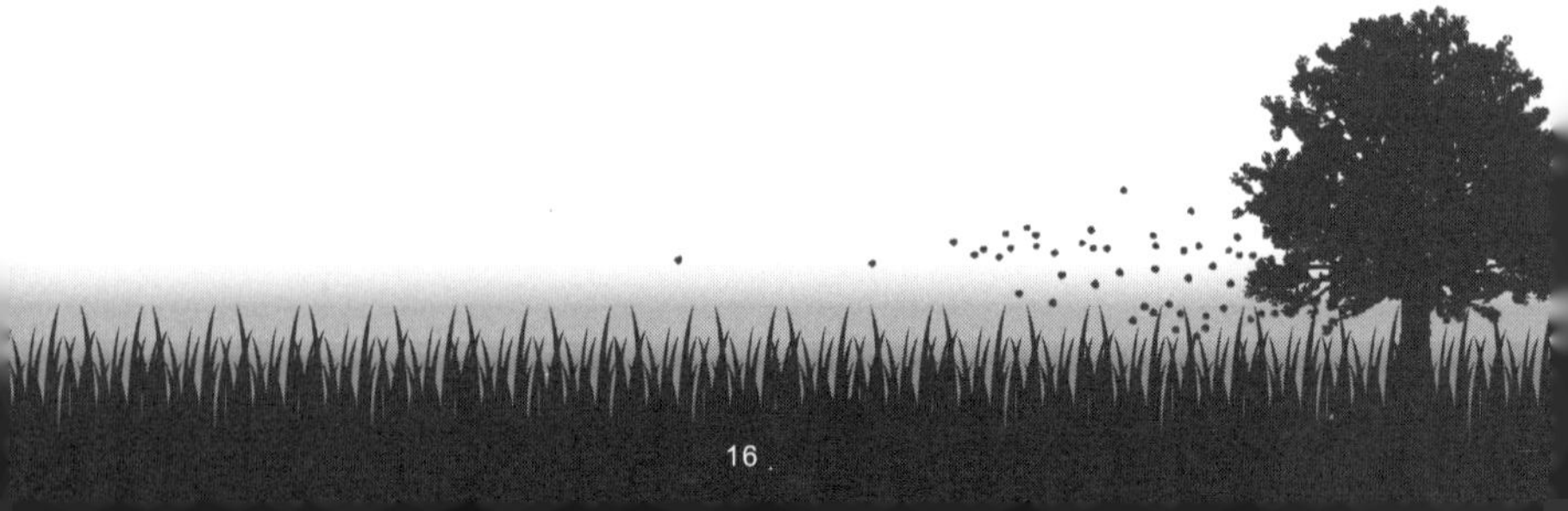

ドアのすぐ近くに誰《だれ》かがいる。
もう一度、チャイムを鳴らすと、
ドアノブがゆっくり回りはじめた。
ドアから体を離《はな》す。
外にあるガスのメーターに目が留《と》まった。
ひらひらと数枚の紙が揺《ゆ》れている。
空室の証明《しょうめい》だ。
全身の毛が逆立《さかだ》つ。
知らなかった。
隣《となり》はいつの間にか引越《ひっこ》していた。

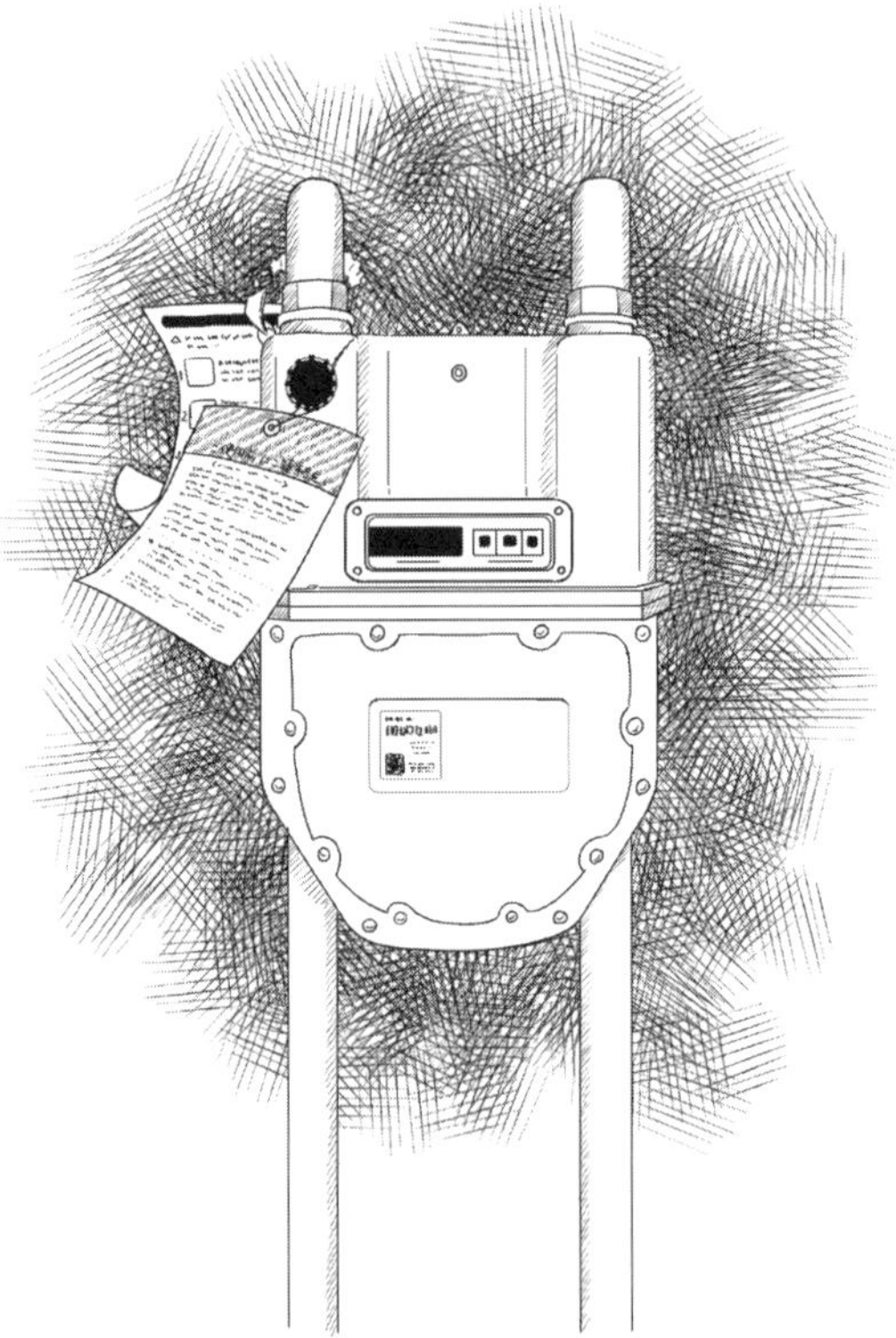

ギギ

ドアがきしむ音。

わたしは急いで自分の部屋に逃《に》げ込《こ》み、

鍵《かぎ》を閉めた。

壁《かべ》の向こうから、

大勢《おおぜい》の子どもの声が聞えてくる。

「これは絶対《ぜったい》、空耳だ」

ほんとうには聞えていない。

わたしはベッドに潜《もぐ》り込《こ》み、布団《ふとん》を被《かぶ》った。

そのまま眠《ねむ》ってしまったらしい。

アラームが鳴って、目を覚《さ》ました。

拍子《ひょうし》抜《ぬ》けするくらい明るい朝だった。

その日は四月の最終日。

はじめて友人を部屋に招《まね》く約束をしていた。

「ここアパートになったんだ」

町でいっしょに買い物をしてアパートまで来ると、
友人が呟《つぶや》いた。

彼女《かのじょ》は地元の子で、
ずっとこの辺りに住んでいるそうだ。

「新しくてきれいだね」

友人はそう言ったが、
アパートの敷地《しきち》に入った途端《とたん》、
なんとなく怪訝《けげん》な表情を浮《う》かべた。
「前はどんな場所だったの？」
「う、うん」
友人は言葉を濁《にご》した。
「教えてよ。なんか怖《こわ》いじゃない」
「蔵《くら》のある大きなお屋敷《やしき》」
「蔵《くら》があったなんて、
この辺りの名家だったんだ」

「よく知らない。
子どもの頃《ころ》は、危《あぶ》ないから行っちゃダメって言われてた。
もう誰《だれ》も住んでなかったのかも」
友人はつくり笑いをしながら続けた。
階段《かいだん》を上りながら、友人が続けた。
「ここ、単身者専用《せんよう》なんでしょう？
静かでいいよね」

春

4月

怪談《かいだん》

花《はな》筏《いかだ》

春休みに訪《おとず》れた町は、
水路と蔵《くら》が有名な町だった。
古い街並《まちなみ》みを保存《ほぞん》した場所があり、
大勢《おおぜい》の観光客で賑《にぎ》わっていた。
水路沿《ぞ》いの桜並木《さくらなみき》は満開で、
風が吹《ふ》くたびに、花びらが舞《ま》った。
水路を花びらが流れていく。
その流れを目で追いながら、
ボクは休憩《きゅうけい》できる静かな場所を探《さが》した。
人の多さに少し疲《つか》れていた。

大きな水路へは、横から細い水路の水が注《そそ》ぎ込《こ》んでいた。

ボクはその細い水路に沿《そ》って、脇道《わきみち》に入った。

今までの喧騒《けんそう》とは打って変わって、木の塀《へい》や、生垣《いけがき》に囲まれた家がひっそりと春の日ざしを受けている。

二十分くらい歩いただろうか、ボクは立ち止り、水路を眺《なが》めた。

流れる水はとても澄《す》んでいて、思わず手ですくってみたくなる。

流れの前に手ごろな石があった。
「休憩《きゅうけい》にちょうどいいな」
ボクは石に腰《こし》をかけ、流れを眺《なが》めた。
すぃ
小さな魚影《ぎょえい》が、目の前を通り過《す》ぎた。
散《ち》った桜《さくら》の花びらが
水面を連《つら》なって流れていく。
花びらの連《つら》なりの上に、
何かが乗っていた。
目を凝《こ》らす。

とても小さな折《お》り鶴《づる》だった。
手を伸《の》ばし、拾《ひろ》おうとする前に、
花びらの筏《いかだ》に乗った折《お》り鶴《づる》は、
スルスル目の前を通り過《す》ぎていった。
「どこから流れてきたんだろう」
そう思った時、
次の花筏《はないかだ》の上にもまた、
赤い折《お》り鶴《づる》が乗っていた。
「この先に行ってみよう」
ボクは歩き出した。

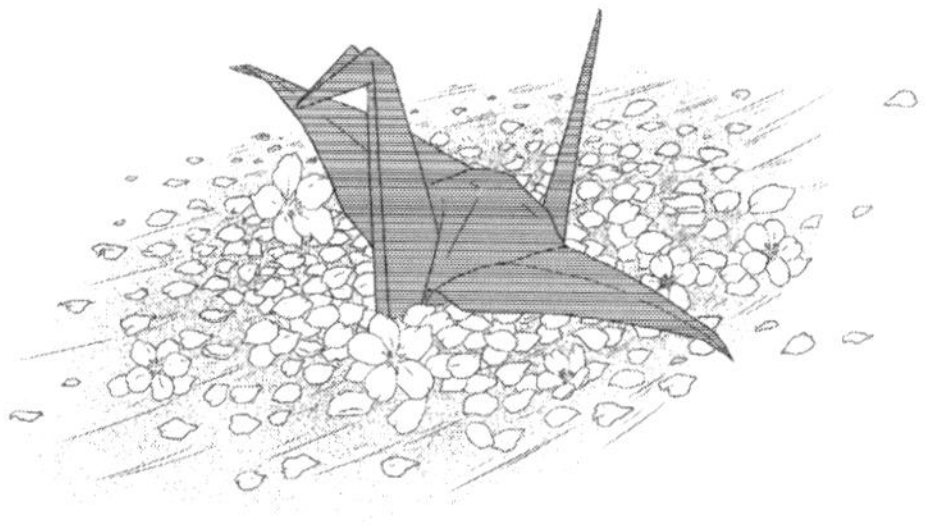

やがて水路のそばに塀《へい》があらわれた。
石組みの上に白い漆喰《しっくい》の立派《りっぱ》な塀《へい》だ。
周囲には家がなく、
塀《へい》の反対側は、草に覆《おお》われた空《あ》き地《ち》だ。
ふわっと風が吹《ふ》き、
空一面に花びらが舞《ま》い踊《おど》った。
見上げると、塀《へい》の向こうに
大きな桜《さくら》の木があった。
桜《さくら》の木の隣《となり》、塀際《へいぎわ》に蔵《くら》がある。
どっしりと大きく、古びていた。

蔵《くら》の二階に明かり取りの窓《まど》があり、
その窓《まど》が大きく開《あ》いている。
蔵《くら》の方から、微《かす》かに歌声が聞えてきた。
楽しそうな子どもの笑い声もする。
蔵《くら》の中で子どもたちが遊んでいるのかな。
蔵《くら》の窓《まど》から細い白い手が覗《のぞ》き、
ひらひらと小さな赤い何かを撒《ま》いた。
桜《さくら》の花びらと赤が混《ま》じり合う。
足元の流れを見ると、
折《お》り鶴《づる》が花びらに乗って流れていく。

「あっ」

ボクは思わず声を出した。

「誰《だれ》？」

蔵《くら》の窓《まど》から白い顔が覗《のぞ》いた。

長い黒髪《くろかみ》の女の子が窓《まど》から身を乗り出した。

真っ赤な着物の長い袂《たもと》が、窓《まど》の外に垂《た》れる。

「みぃつけた」

女の子はボクを見つけると、

うれしそうに弾《はず》んだ声をあげた。

蔵《くら》の二階だから、女の子の姿《すがた》もその声も

小さいはずなのに、

胸《むね》にのしかかってくるような感じがして、

体が固まった。

「今行くね」

女の子がそう言うと、大勢《おおぜい》の笑い声が聞えた。

全身に鳥肌《とりはだ》が立つのがわかった。

ここにいちゃダメだ。

ぎぃぃぃぃ

蔵《くら》の扉《とびら》が開く重い音が聞えた。

ボクはそこから、息もつかずに走って逃《に》げた。

宿泊先《しゅくはくさき》のフロントに、町全体の簡単《かんたん》な地図があった。

「あの場所はなんだったんだ？」

ボクが記憶《きおく》を頼《たよ》りに、地図の上を指でたどっていると、

宿の人が声をかけてきた。

ボクはその場所について尋《たず》ねてみた。

「大きな蔵《くら》のあるお屋敷《やしき》で、

女の子がいて……」

宿の人は嫌《いや》そうに顔をしかめた。

「しばらくは体に気をつけた方がいいですよ」

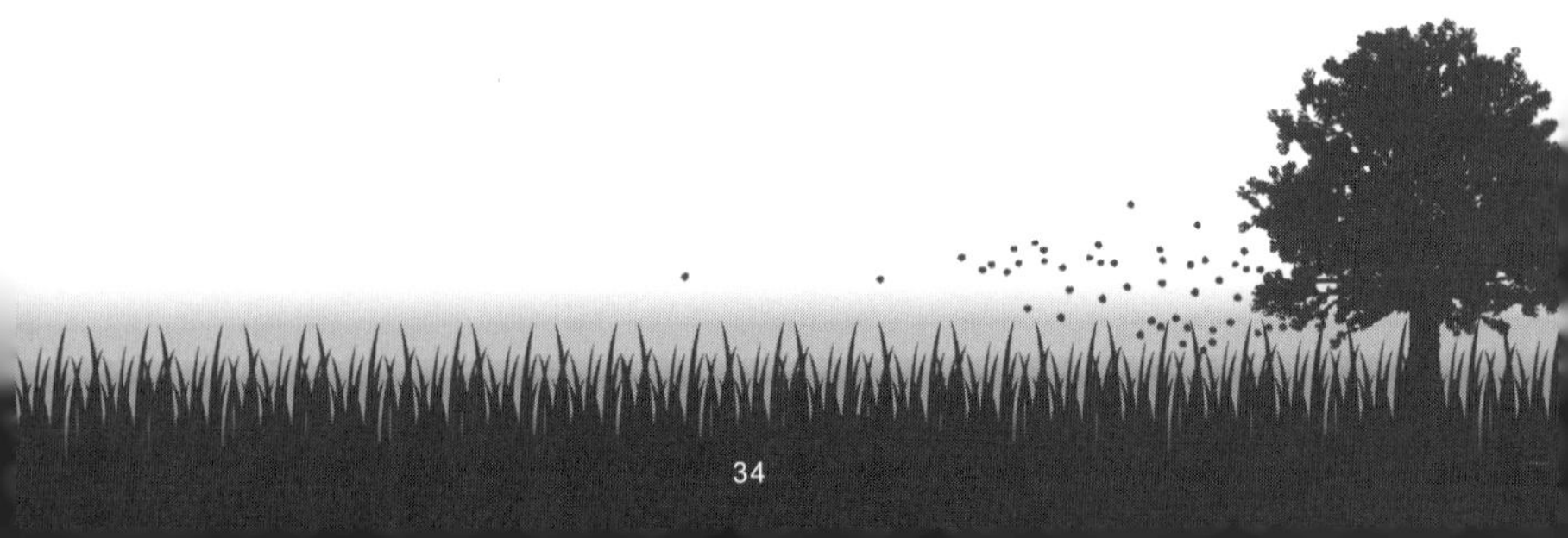

春4月

怪談《かいだん》

一本桜《ざくら》

ボクの町には古い桜《さくら》の木がある。
三百年以上前からある木だそうだ。
田んぼの外《はず》れ。
少し小高い丘に
一本だけ立っている。
『一本桜《ざくら》』と呼《よ》ばれていた。
昔はそこが村の境界《きょうかい》で、
桜《さくら》の木から向こうは、村の外だったそうだ。
その先は峠《とうげ》を越《こ》える細い道が
隣村《となりむら》まで続いていたと、祖父《そふ》に聞いたことがあった。

しかし、車道も兼《か》ねた新しい道ができると、
その道は廃《すた》れて、今は獣道《けものみち》のように、
深い草に埋《う》もれている。
一本桜《ざくら》は見事な枝《えだ》ぶりで、
春になると村の人々は、こぞってお花見に出かけたそうだ。
花見というと、桜《さくら》の木の下で、
お弁当《べんとう》や飲み物を楽しむのが一般的《いっぱんてき》だが、
一本桜《ざくら》の下では、なぜか昔から、
飲食はしないのが、決まりになっていた。
その年の春は、一年後の受験に備《そな》え、

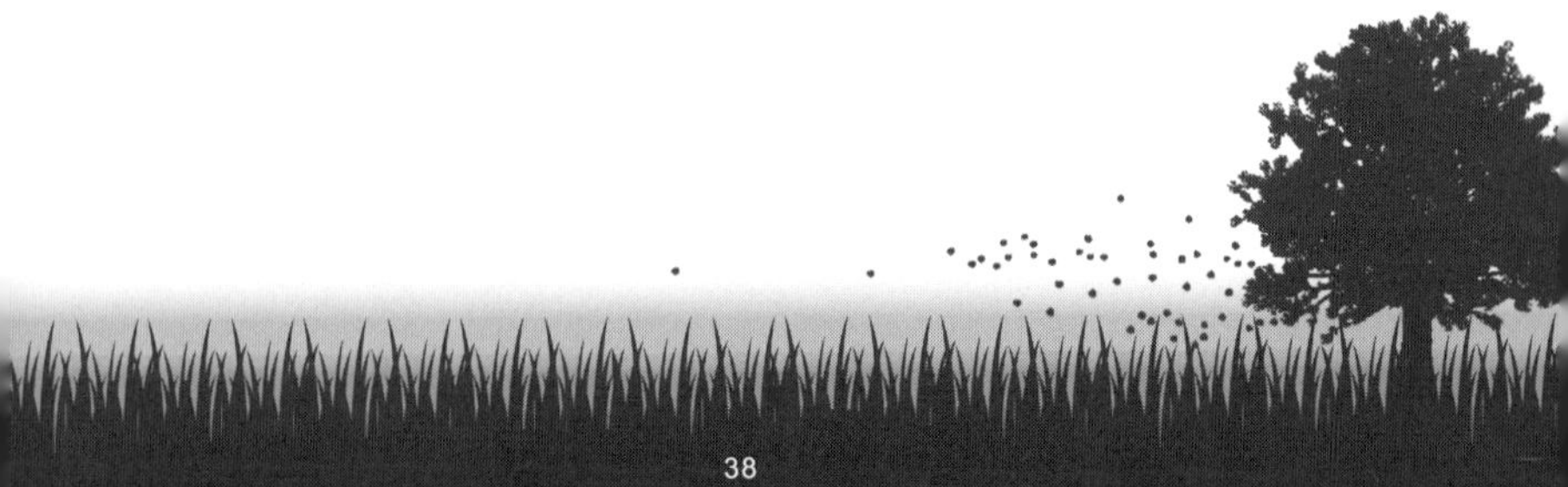

勉強に明け暮《く》れていたこともあり、
毎日が憂鬱《ゆううつ》な気分だった。
「もう、一本桜《さくら》は満開だったよ」
家族からそんな話を聞いたボクは、
なんとなく桜《さくら》を見に行くことにした。
春の午後は、少し汗《あせ》ばむくらいだ。
賑《にぎ》やかなのが苦手なボクは、
花見の人が他にもいたら、
引き返すつもりだったが、
辺りには誰《だれ》一人いなかった。

緩《ゆる》やかな風に、ひらひらと花びらが舞《ま》っていた。

「もう少し遅《おそ》かったら、散《ち》っていたな。

来てよかった」

ボクは桜《さくら》を見上げながら呟《つぶや》いた。

桜《さくら》の木の周りには柵《さく》があった。

根元を傷《いた》めないためなのだろう。

木でつくられた柵《さく》が無ければ、

木に近づき、幹《みき》に触《ふ》れる人もいるに違《ちが》いない。

この桜《さくら》には、そう思わせる艶《あで》やかさがあった。

「変だな」ボクは苦笑した。

今まで、この桜《さくら》をこんなにしみじみ眺《なが》めたことはなかった。
遠くから眺《なが》めて、
「ああ咲《さ》いてる」と思うくらいだった。
桜《さくら》からふと視線《しせん》を移《うつ》すと、
柵《さく》の向こう側、
深い草に覆《おお》われた道の端《はし》に、
ボクと同じ年くらいだろうか、
薄紅色《うすべにいろ》の着物姿《すがた》の少女が立っていた。
「とてもきれいでしょう。でも一本は寂《さび》しい」
風に乗って、歌声のような声が耳に届《とど》いた。

「そうだね」

ボクはうなずいた。

「峠《とうげ》の方に、この桜《さくら》の姉さんがいるの」

「峠《とうげ》の桜《さくら》？　姉さん？」

「ね、いっしょに見に行かない？」

そういうと少女はボクに背中《せなか》を向け、細く草深い道を歩き出した。

まるでボクは絶対《ぜったい》についてくると確信《かくしん》しているみたいだ。

しかたなくボクは少女を追って、道に入った。

峠《とうげ》へ続く坂道を、息も切らさず少女は歩いていく。

足元の草が自然に道を開《あ》けているように見える。

少女は振《ふ》り向くと、

「ほら、もうすぐ峠《とうげ》。桜《さくら》の木が見えるでしょう」

峠《とうげ》の桜《さくら》は、麓《ふもと》の一本桜《ざくら》よりも大きかった。

それでも風雨に晒《さら》されたままの枝《えだ》は、

一部が折れて、傷《きず》ついていた。

「この桜《さくら》の下に姉さまは眠《ねむ》っているの」

ボクたちは桜《さくら》の幹《みき》に背中《せなか》を預《あず》けて、

寄《よ》りかかった。

「キミは？」

少女は少し笑った。

勘《かん》の鈍《にぶ》い弟を笑うような仕草だ。

桜《さくら》は匂《にお》わないと思われているが、
ふんわり甘《あま》い匂《にお》いが漂《ただよ》っている。

「一本桜《ざくら》の下よ」

ふと昔、聞いた話を思い出した。

『きれいに咲《さ》いている桜《さくら》の下には人が葬《ほうむ》られている。

そしてそんな桜《さくら》には魂《たましい》が宿《やど》る』

ボクの心を覗《のぞ》き込《こ》むように少女が言った。

「さ、戻《もど》りましょう」

「また会える?」

少女は首を傾《かし》げながら少し笑った。
峠《とうげ》の桜《さくら》の花びらが、
ボクたちを包むように舞《ま》う。
いつの間にか、
ボクたちは、一本桜《ざくら》の前に立っていた。
「もう行くね」
少女は手を後《うし》ろに組んで、
ボクに背《せ》を向けた。
夕暮《ゆうぐ》れを纏《まと》うように、
春の霞《かすみ》の中に溶《と》け込《こ》んでいった。

春 4月

怪談《かいだん》

長屋の花見

東京を流れる隅田川《すみだがわ》の堤《つつみ》を墨堤《ぼくてい》という。
墨堤《ぼくてい》には桜並木《さくらなみき》が続いている。
そこは江戸《えど》時代から続く桜《さくら》の名所だ。
明治の世になっても、桜《さくら》が咲《さ》けば、
花見に浮《う》かれる人々の心は変わらない。
「おいおい、学生さん。
こんなところで寝《ね》ると風邪《かぜ》をひくよ」
四月の宵《よい》のことだ。
誰《だれ》かに揺《ゆ》り動かされて、ボクは目を覚《さ》ました。
「は、はいっ。すみません」

目を開くと、満開の桜《さくら》の間に、
ぼんやりと月が浮《う》かんでいた。
着物を着た数人がボクの周りを囲んでいた。
「大事ないかね？　気分は？」
坊主頭《ぼうずあたま》の大男が口を開いた。
「ああ。大丈夫《だいじょうぶ》です。
一高の学友と花見に来たのですが、
ボクは酒に弱いものだから、途中《とちゅう》で眠《ねむ》ってしまって」
「下戸《げこ》が無理に飲まされたのかい？
ご学友さんたちも人が悪いじゃないか。

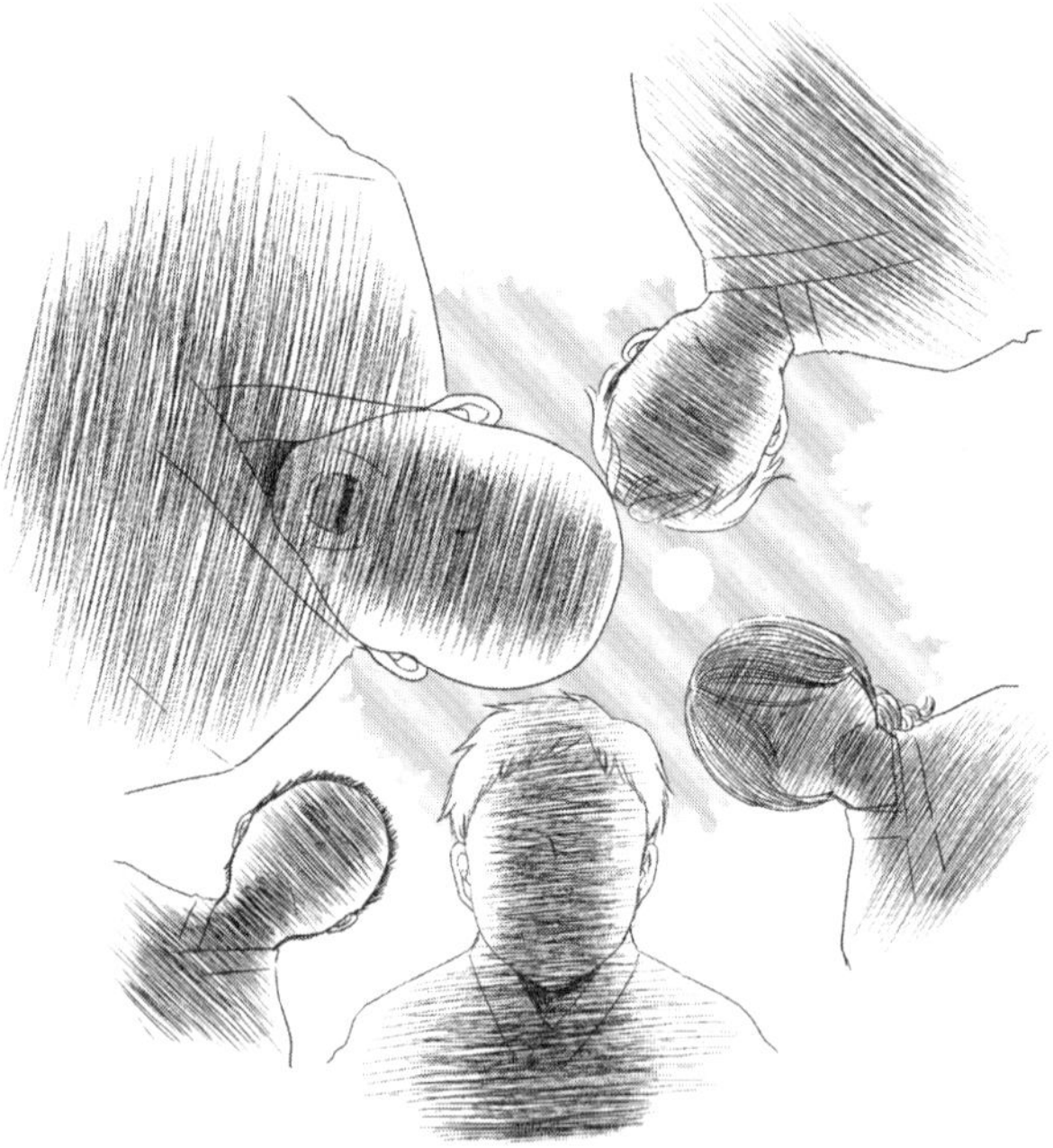

こんな場所においてけぼりなんて。
でも大事なくてよかった」
三味線《しゃみせん》を抱《かか》えた若い女性《じょせい》が、歯切れのいい声で笑いかけた。
「これからここで花見をするからさ。
せっかくのご縁《えん》。つき合いなさいな」
「姐《ねえ》さん、ダメよ。学生さんが困《こま》ってる。
ほんとうに大丈夫《だいじょうぶ》？　お水ありますよ」
ボクと同じ年くらいの少女は、
黄色い格子《こうし》の着物に鈴《すず》のついた花簪《はなかんざし》をつけていた。
「まあ、お玉《たま》ちゃん。やさしいのね。

学生さんに一目ぼれかい？」
「姐《ねえ》さん。ぶつわよ」
あははは、屈託《くったく》のない笑いが響《ひび》いた。
気さくなしゃべり方と雰囲気《ふんいき》。
これは東京の下町の気風なのだろうか。
ボクは地方から上京したてで、まだ東京風には慣《な》れていない。
「いや。待て待て、みんな。
そう一度に話しかけちゃあ、学生さんも困《こま》る。
まずはこちらが名乗らなきゃ。自己紹介申《じこしょうかいもう》そう」
えへんえへん

坊主頭《ぼうずあたま》の大男が咳払《せきばら》いをして続けた。
「わしらは同じ長屋の衆《しゅう》。この辺りに昔から住んでいる。
わしは見ての通り、坊主《ぼうず》の入道《にゅうどう》。
三味線《しゃみせん》を持ってるのはお紺《こん》、花簪《はなかんざし》はお玉《たま》。
男どもは十把《じっぱ》一絡《ひとから》げでよかろう。
端《はし》から六さん、つね公、いたちに熊《くま》だ」
「ご丁寧《ていねい》にありがとうございます。ボクは」
「おっと、名乗るまでもないや。
学生さんでいいだろう。どうだい？
お紺《こん》の言った通り、わしらはここでちょっとの間、花見をするんだ。

いっしょにどうだ？　苦手な酒は飲ませねえよ」
「お茶でお菓子《かし》をいただきましょうよ。
おっかさんのつくったぼた餅《もち》は美味《おい》しいのよ」
お玉《たま》さんが手招《てまね》きしながら言った。
以前、先輩《せんぱい》とはじめて行った寄席《よせ》で聞いた
落語の『長屋の花見』。
貧乏《びんぼう》長屋の住人が、花見にくり出す話だ。
お茶をお酒に、たくあんを卵焼《たまごや》きに見立てる場面の、
噺家《はなしか》の食べる仕草が面白《おもしろ》かった。
東京では、こんなこともあるのかな。

ボクは一行と、赤い毛《もう》せんの上に座《すわ》った。
落語と違《ちが》い、本物の卵焼《たまごや》きとお酒。
他のご馳走《ちそう》も下宿先の賄《まかな》いより、ずっと美味《おい》しい。
特にぼた餅《もち》は美味《おい》しかった。
田舎《いなか》の母を思い出した。
お玉《たま》さんがボクの隣《となり》で、
ボクの故郷の話を熱心に聞いてくれた。
彼女《かのじょ》が相づちを打つと、
花簪《はなかんざし》の鈴《すず》がチリチリ鳴る。
田舎《いなか》で飼《か》っている猫《ねこ》を思い出した。

お紺《こん》さんの三味線《しゃみせん》に合わせて、ひょうきんに踊《おど》る六さんの首が、伸《の》びたり縮《ちぢ》んだりして見える。曲芸師《きょくげいし》なのだろうか。

どれくらい時間が経《た》ったのか。

川向こうから鐘《かね》の音が聞えた。

鐘《かね》の音は水面を這《は》うように、低く響《ひび》いた。

「さあ、学生さん。そろそろお帰り」

大入道《おおにゅうどう》がボクを促《うなが》す。

まだいっしょに遊んでいたい気分だが、有無《うむ》を言わせない様子《ようす》だ。

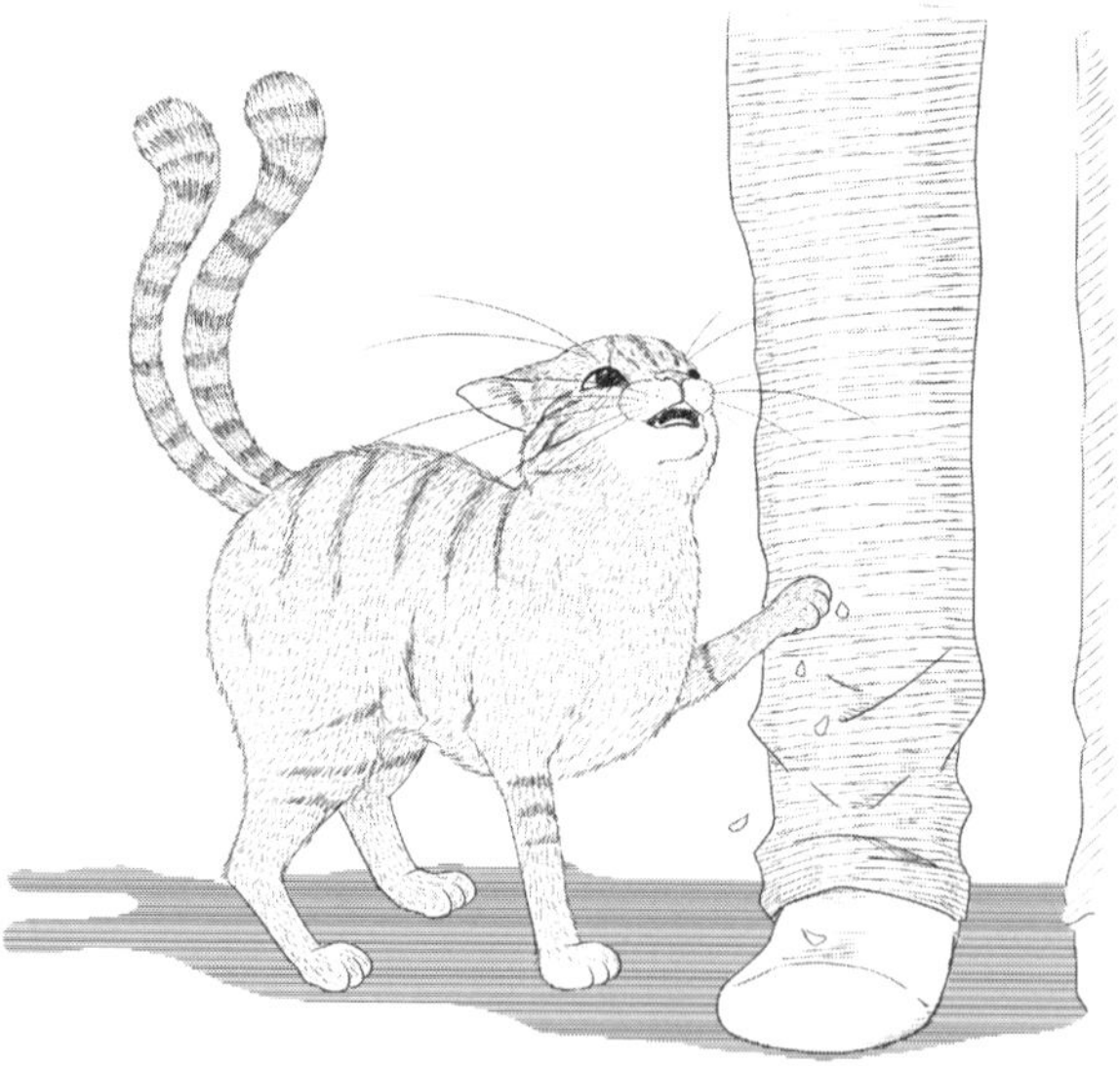

立ち上がると、お玉《たま》さんがズボンのゴミを払《はら》ってくれる。
その姿《すがた》はいつの間にか茶虎《ちゃとら》の猫《ねこ》に変わっていた。
二本の尾《お》が揺《ゆ》れている。
「本所の七不思議、
本物の『おいてけ堀《ぼり》』が出るといけない。
ほら、早くお行きよ」
お紺《こん》さんはそう言うと、
ポンポンポン
ボクの背中《せなか》を三つ叩《たた》いた。
ハッと気づくと、もう人力車の上だった。

「学生さん、本郷菊坂《ほんごうきくざか》の上までで
よろしゅうございますね」
ボクの返事を待たず、
車は春の夜を飛ぶように駆《か》け抜《ぬ》けていく。

春　5月

怪談《かいだん》

時鳥《ほととぎす》

卯《う》の花が白く薄闇《うすやみ》に浮《う》かぶように
咲《さ》いている。
久《ひさ》しぶりの帰郷。
庭先に出ると、西の空は赤紫色《あかむらさきいろ》に染《そ》まっていた。
きょっ　きょ　きょ　きょっ
林の中から、澄《す》んだ切ない鳴き声が聞えた。
あれは、時鳥《ほととぎす》だ。
時鳥《ほととぎす》は渡《わた》り鳥で初夏の訪《おとず》れを告《つ》げる。
時鳥《ほととぎす》と書くのは、
毎年、田植えの時期を知らせるからだという。

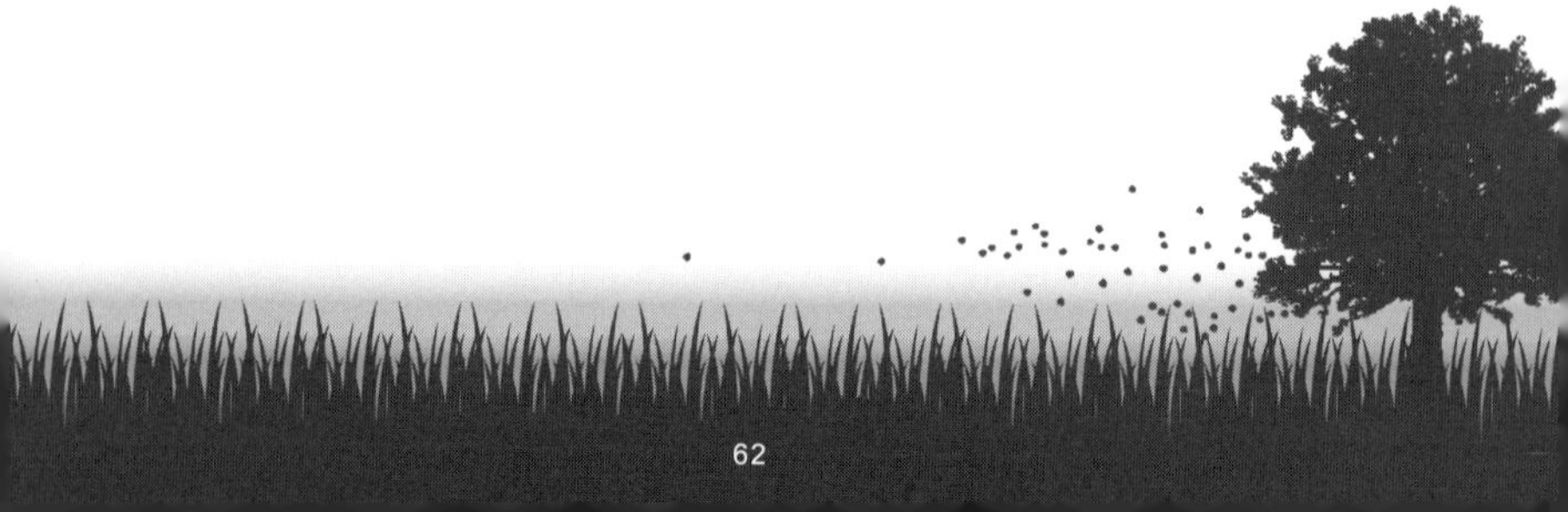

時鳥《ほととぎす》の声に懐《なつ》かしい思い出が蘇《よみがえ》った。
わたしがはじめて時鳥《ほととぎす》の声を聞いたのは、
日暮《ひぐ》れの暗い田舎道《いなかみち》だった。
七歳《さい》のわたしはおばあちゃん子で、
いつも祖母《そぼ》について歩いていた。
ある日、祖母《そぼ》と親戚《しんせき》のお通夜《つや》に出かけた帰り道のことだ。
遠くに森が見える農道を歩いていると、
近くで鋭《するど》い鳴き声が響《ひび》いた。
びっくりして祖母《そぼ》の手をぎゅっと握《にぎ》る。
「あれは時鳥《ほととぎす》という鳥だよ。

今年、はじめて声を聞いたね」

祖母《そぼ》は穏《おだ》やかに言った。

「鳥は暗くなると鳴かないんじゃないの？」

「時鳥《ほととぎす》は、夜でも雨でも鳴く。

田植えの時期を知らせる鳥だよ」

「そうなんだ」

すると今度は、遠くの森から、
また特徴《とくちょう》のある激《はげ》しい鳴き声が響《ひび》いた。

「それに」

祖母《そぼ》は何かを言いかけた。

「それに、何？」
祖母《そぼ》は無言で歩いている。
話の途中《とちゅう》で黙《だま》ってしまった祖母《そぼ》に
話の続きを促《うなが》すために、
わたしは繋《つな》いだ手を振《ふ》り、
甘《あま》えた声で尋《たず》ねた。
「おばあちゃん、お話の続きは？」
「ああ」
きょっ　きょ　きょ　きょっ
また時鳥《ほととぎす》が鳴いた。

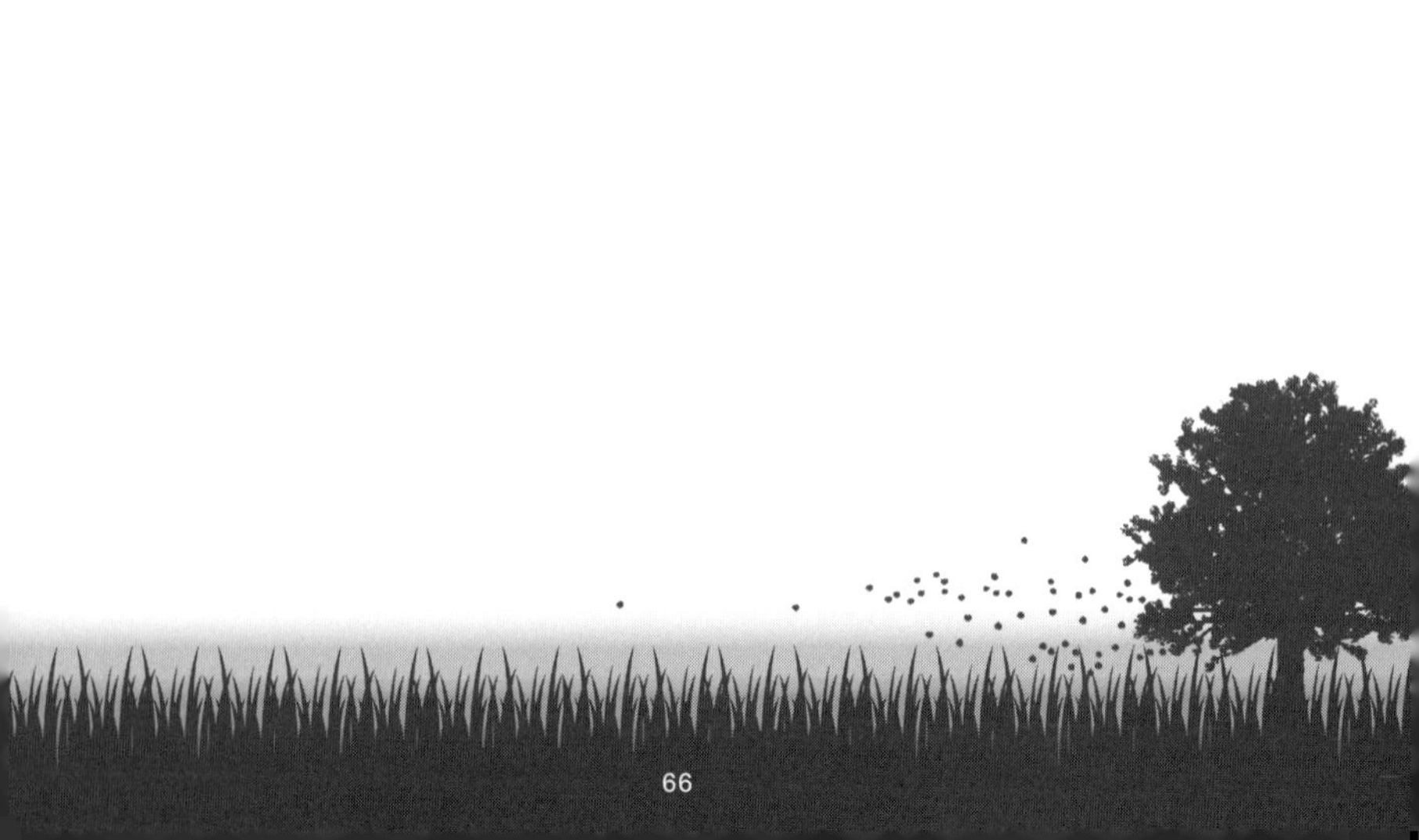

「時鳥《ほととぎす》の口が赤いのは、
悲しくて鳴いているうちに、
血を吐《は》いたからだそうだよ」
「ふーん。もっと他には?」
「ああ、そうだ」
祖母《そぼ》は立ち上り、わたしの手を離《はな》し、
髪《かみ》にさした櫛《くし》を抜《ぬ》くと、
懐《ふところ》から出した白い紙に包む。
それを胸《むね》の前でギュッと握《にぎ》り締《し》めた。
「何をするんだろう」

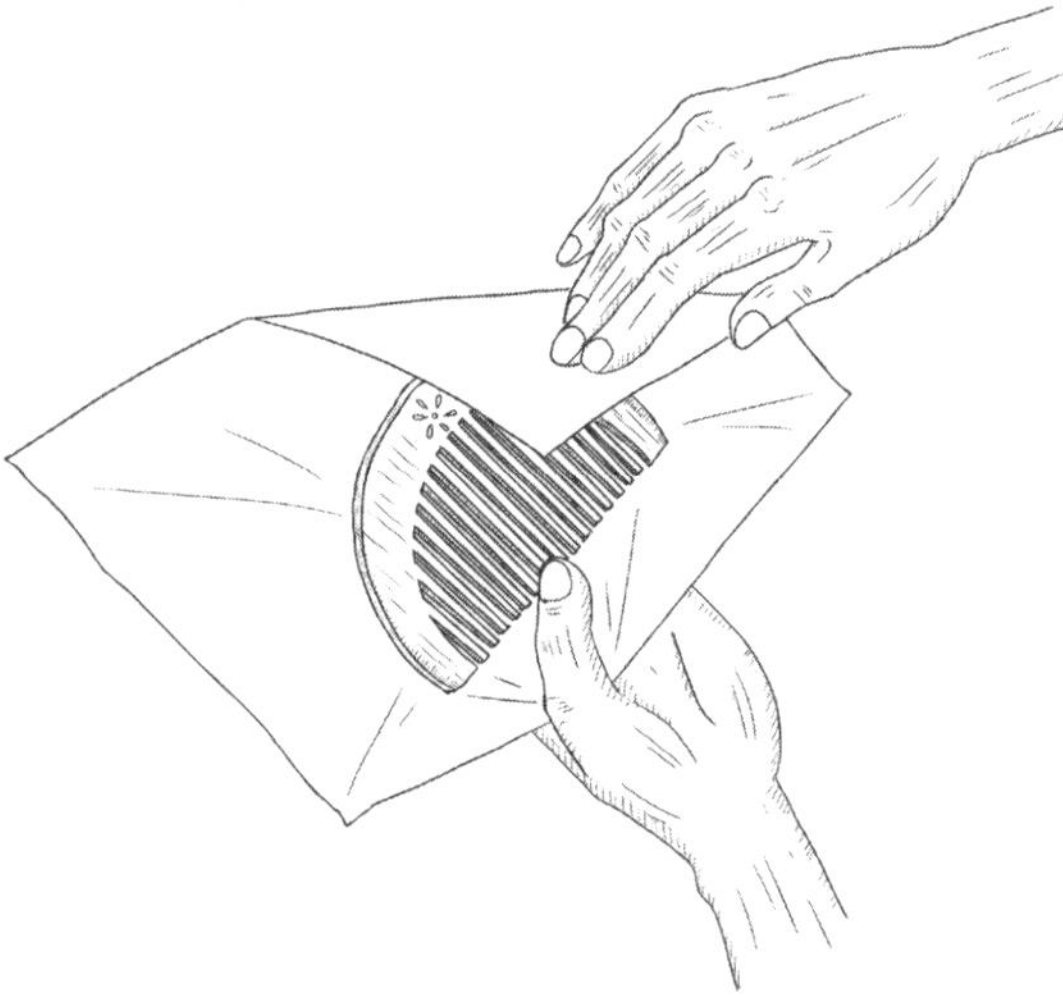

そう思っていると、

「さあ、これを運んでおくれ」

祖母《そぼ》はその紙包みを、空高く放り投げた。

そして、振《ふ》り向こうとするわたしの手を取り、

ぐんぐん強く引いて歩き出した。

やっと歩みを緩《ゆる》めたのは、

数十メートル先に家が見えたところだった。

「おばあちゃん。急にどうしたの?」

「あの鳥は、

あの世とこの世を繋《つな》ぐと言われていてね。

あの世に送りたいものを届《とど》けてくれるんだよ。
節子《せつこ》さんは、あの櫛《くし》を欲《ほ》しがっていたからね」
あれから二十年、祖母《そぼ》はもう思い出の中にしかいない。
時鳥《ほととぎす》の鳴き声は、ぼんやりとした月明かりの暗い空に溶《と》けていった。

春

5月

怪談《かいだん》

杜若《かきつばた》

その年の平安京は雨が少なかった。
田植えは何とか終わらせたものの、
稲《いね》の成長に必要な雨が降るのかどうか、
頭を悩《なや》ませる人々もいた。
そんな心配を知らぬげに、
今日も晴れ渡《わた》った五月の空に、
ツバメが飛《と》び交《か》い、
川沿《ぞ》いの柳《やなぎ》は青い新芽《しんめ》を揺《ゆ》らしている。
そんな景色を眺《なが》めながら、
ぶらぶら歩く若者がいた。

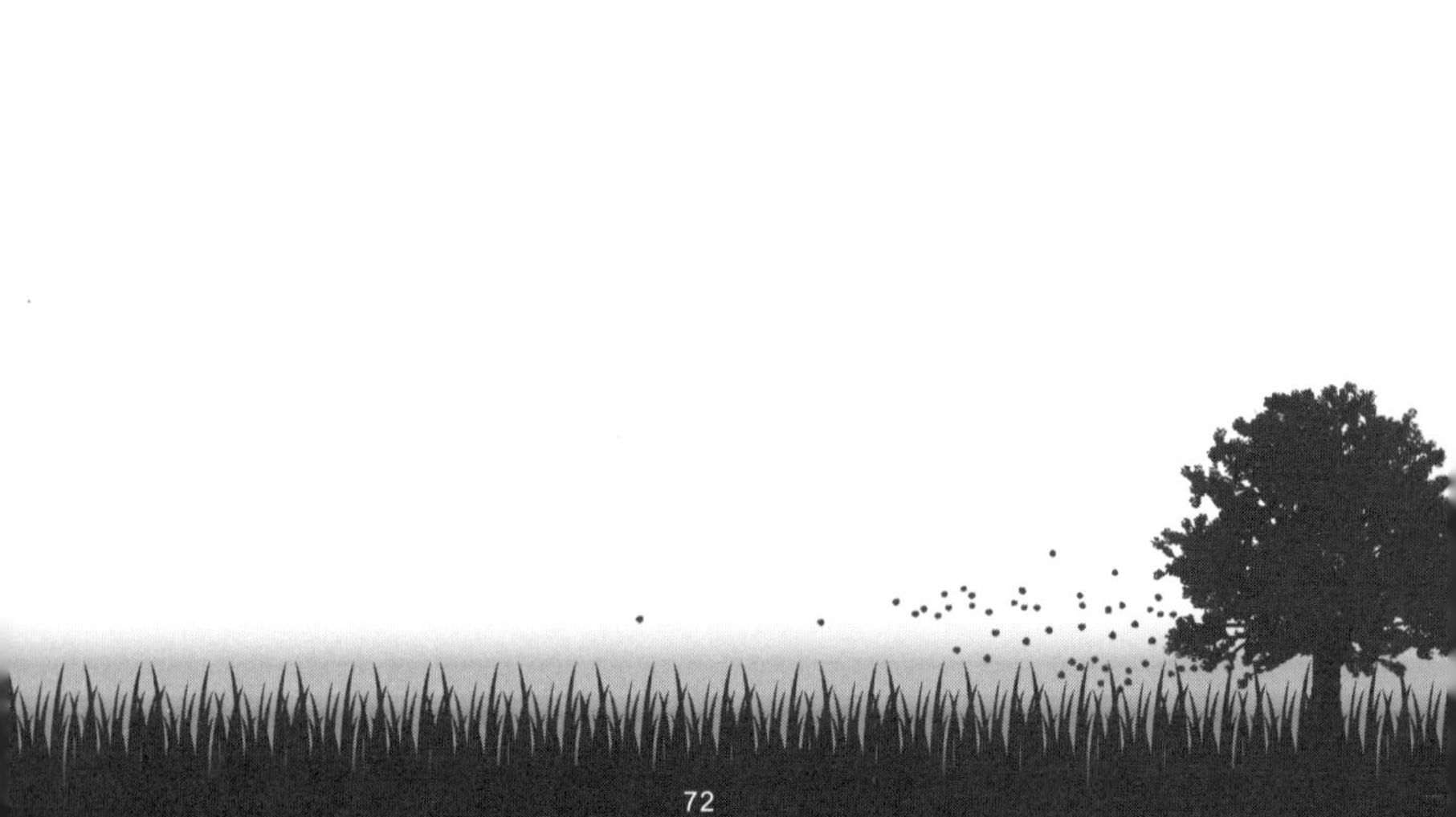

簡素《かんそ》な直垂姿《ひたたれすがた》で袴《はかま》の裾《すそ》を高く上げている。

露《あら》わに見える脛《すね》が力強い。

「もし」

若い女の声に若者は足を止めた。

橋のたもとに、市女笠《いちめがさ》を被《かぶ》った女が立っていた。

笠《かさ》の周囲は、

枲《むし》の垂衣《たれぎぬ》という麻布《あさぬの》で覆《おお》われているため、

顔ははっきり見えない。

裾《すそ》から覗《のぞ》く濃紫《こむらさき》の袿《うちき》が立派《りっぱ》だ。

身分の高い女性《じょせい》だろう。

従者《じゅうしゃ》は買い物でもしているのか、
近くにいなかった。
「わたしですか」
「はい。武者の方とお見受けします」
「如何《いか》にも」
若者の名は光良《みつよし》という。
一人前の武者のように返事をしたが、
実は、兵衛府《ひょうえふ》の役人に仕《つか》える従者《じゅうしゃ》にすぎない。
返答をした彼《かれ》は自分の粗末《そまつ》な服装《ふくそう》を省《かえり》みて、
急に照《て》れくさくなった。

「呼《よ》び止めた用件《ようけん》はなんだ？」

彼《かれ》はわざとぞんざいに言った。

垂衣《たれぎぬ》のすき間から、黒目がちな瞳《ひとみ》が覗《のぞ》き、
彼《かれ》をじっと見つめた。

心の中まで覗《のぞ》き込《こ》むような強い視線《しせん》だ。

光良《みつよし》は肝《きも》が据《す》わっているのが自慢《じまん》だった。

「負けるものか」

光良《みつよし》は女を見つめ返した。

やがて女はにっこり笑い、
黒い漆《うるし》塗《ぬ》りの文箱《ふばこ》を差し出した。

金蒔絵《きんまきえ》の豪華《ごうか》なものだった。
「これを愛宕山《あたごやま》のお寺まで、届《とど》けていただきたいのです。
お礼は差し上げます」
その声はやさしげで、柔《やわ》らかく耳に響《ひび》いたが、
有無を言わせない力を感じた。
愛宕山《あたごやま》。都の北西にそびえる山だ。
古くから人々の信仰《しんこう》を集めているが、
その山懐《やまふところ》は深く、
いくつもの峰《みね》が連《つら》なっている。
容易《ようい》に行ける場所ではない。

「見ず知らずの男に文《ふみ》を託《たく》すなど、
あなた様はどのようなお方ですか？」
光良《みつよし》は女に問《と》うた。
「わたしは先の右大臣《うだいじん》、菅丞相様《かんじょうしょうさま》に、
所縁《ゆかり》ある者です」
菅丞相《かんじょうしょう》・菅原道真《すがわらのみちざね》といえば、
政《まつりごと》にあまり関心がない光良《みつよし》でも
名前くらいは知っていた。
だいぶ前のことだ。
大宰府《だざいふ》に流罪《るざい》となり、

かの地で失意のうちに亡《な》くなったと聞く。

無実の罪《つみ》という噂《うわさ》もささやかれている。

「御魂《みたま》の平安をお祈《いの》りしたくて……」

女は光良《みつよし》の手を取った。

光良《みつよし》の顔が赤くなる。

清々《すがすが》しい香《かお》りが、光良《みつよし》を包んだ。

「わたしは都を出ることができません。

それに足弱な女ですから」

「どちらの御寺《みてら》に届《とど》ければよいのですか」

当時の愛宕山《あたごやま》には五つの寺があった。

光良《みつよし》は女の手を握《にぎ》り返して尋《たず》ねた。

女がささやいた。

「月の……御寺《みてら》。お礼は必ず後《あと》で」

「確《たし》かに承《うけたまわ》りました」

彼《かれ》は熱に浮《う》かされた人のように、

猛烈《もうれつ》な速さで、愛宕山《あたごやま》を目指した。

どこをどう登ったのか、自分でも確《たし》かではない。

ただ、がむしゃらに山道を登った。

寺にたどり着いた時には、日が暮《く》れかかり、

辺りは闇《やみ》に包まれはじめていた。

果《は》たしてそこがほんとうに女の言った寺なのか、確《たし》かめる余裕《よゆう》もなかった。

「よくいらっしゃった。神仏《しんぶつ》のご加護《かご》がありましたな」

年老《としお》いた僧侶《そうりょ》は文箱《ふばこ》を受け取ると、光良《みつよし》をねぎらった。白湯《さゆ》と干《ほ》した果実、唐菓子《とうがし》などが目の前に並《なら》んだ。

「今夜はこのまま泊《と》まられ、明日の朝お帰りなされ。文箱《ふばこ》は、開《あ》けてはおるまいな」

温厚《おんこう》そうな僧《そう》の目がギラリと光る。どこか文箱《ふばこ》を託《たく》した女の目に似《に》ていた。

「とんでもない。紐《ひも》に触《さわ》ってもおりません」
「そうであろうとも。もし開《あ》けておれば
ここにはおらぬ。が、念のためにな」
ししし
僧《そう》の口から、不気味な笑いが漏《も》れた。
光良《みつよし》は首筋《くびすじ》がぞくりとした。
翌朝《よくあさ》、里に使いに出る寺男とともに、光良《みつよし》は山を下りた。
寺男の先導《せんどう》で下りたのだが、
よくこんなところを登ってきたものだ、
という場所が何か所もあった。

清滝《きよたき》の里《さと》が見えた時には、
心からホッとした。
光良《みつよし》は文箱《ふばこ》の女について考えていた。
「あの女、礼をくれると言っていたが」
思わず独り言《ひとごと》を呟《つぶや》いていた。
「すぐにわかりますよ。来月にでも」
寺男は光良《みつよし》に背《せ》を向けたまま言い放《はな》つと、
そのまま歩いていった。
山から戻《もど》りしばらくすると、
光良《みつよし》は主人に推挙《すいきょ》され、

従者《じゅうしゃ》から兵衛府《ひょうえふ》の舎人《とねり》になった。

身分は低いが、官人《かんにん》である。

「礼とはこのことかな?」

光良《みつよし》は呑気《のんき》に考えた。

あの女人に会えなかったことが残念だった。

翌《よく》六月のことだ。晴れが続き、

水不足はいっそう深刻《しんこく》になった。

その日、宮中《きゅうちゅう》では公卿《くぎょう》たちが清涼殿《せいりょうでん》に集まり、

雨ごいについての審議《しんぎ》がおこなわれていた。

正午過《す》ぎ、愛宕山《あたごやま》から黒雲が巻《ま》き起こり、

清涼殿《せいりょうでん》の真上に来た。
激《はげ》しい雷雨とともに、清涼殿《せいりょうでん》を雷が直撃《ちょくげき》した。
即死《そくし》する者、髪《かみ》や服を焼かれ、逃《に》げ惑《まど》う者。
落雷による死傷者《ししょうしゃ》が多数出た。
帝《みかど》はじめ貴族《きぞく》たちはパニックに陥《おちい》った。
落雷による火事が混乱《こんらん》に拍車《はくしゃ》をかける。
貴族《きぞく》や女官《にょかん》たちが右往左往《うおうさおう》するなか、
光良《みつよし》は庭の池から水を汲《く》み出し、消火に当たっていた。
焼けこげる臭《にお》いが辺り一面に漂《ただよ》う。
ふと気づくと杜若《かきつばた》が咲《さ》く細い流れの傍《かたわ》らに、

文箱《ふばこ》の女がいた。
「女官《にょかん》だったのか。
足がすくんで動けないのか？」
光良《みつよし》は近づいた。女は白い顔を隠《かく》しもせず、
うっとりと炎《ほのお》を眺《なが》めている。
その顔は晴れ晴れとしていた。
紅《あか》いくちびるから、笑い声さえ漏《も》れていた。
女は光良《みつよし》を見ると、にんまり笑いかけた。
「おかげで怨《うら》みが晴れました」
呟《つぶや》いた女は、ずぶずぶと流れに消えた。

杜若《かきつばた》の花が一斉《いっせい》にどっと笑うように揺《ゆ》れた。
光良《みつよし》は逃《に》げ帰り、しばらく病《や》んだという。
この落雷は後《のち》に菅原道真《すがわらのみちざね》の怨霊《おんりょう》の仕業《しわざ》として、
またたく間に世間に広まっていった。

春　5月

怪談《かいだん》

青《せい》嵐《らん》

五月晴れの空が眩《まぶ》しい。
ボクは、郊外《こうがい》にある山にハイキングに来た。
友だちは誘《さそ》わず、一人だ。
この山は登山道が整備されていて、ケーブルカーもある。
子どもでも、老人でも気軽に歩ける。
連休だから大勢《おおぜい》の人で賑《にぎ》わっていた。
頂上《ちょうじょう》でベンチに座《すわ》り、お弁当《べんとう》を広げた。
周囲は少し騒《さわ》がしいけれど、
新緑を眺《なが》め、爽《さわ》やかな風に吹《ふ》かれていると
とてもリラックスできる。

太陽はまだ高く、ベンチの足元にはボクの短い影《かげ》が落ちていた。
青葉を揺《ゆ》らして、強い風が吹《ふ》いた。
緑と水の匂《にお》いを感じる。
帰途《きと》は少し遠回りになるけど、
滝《たき》があるコースで下りようかと考えていると、
ふいに、太陽の光が陰《かげ》った。
楕円形《だえんけい》の大きな影《かげ》がボクをすっぽり包み込《こ》んでいる。
「雲が出たのかな」
空を見上げる。小さい雲が浮《う》かんでいるだけ。
太陽は隠《かく》れていない。

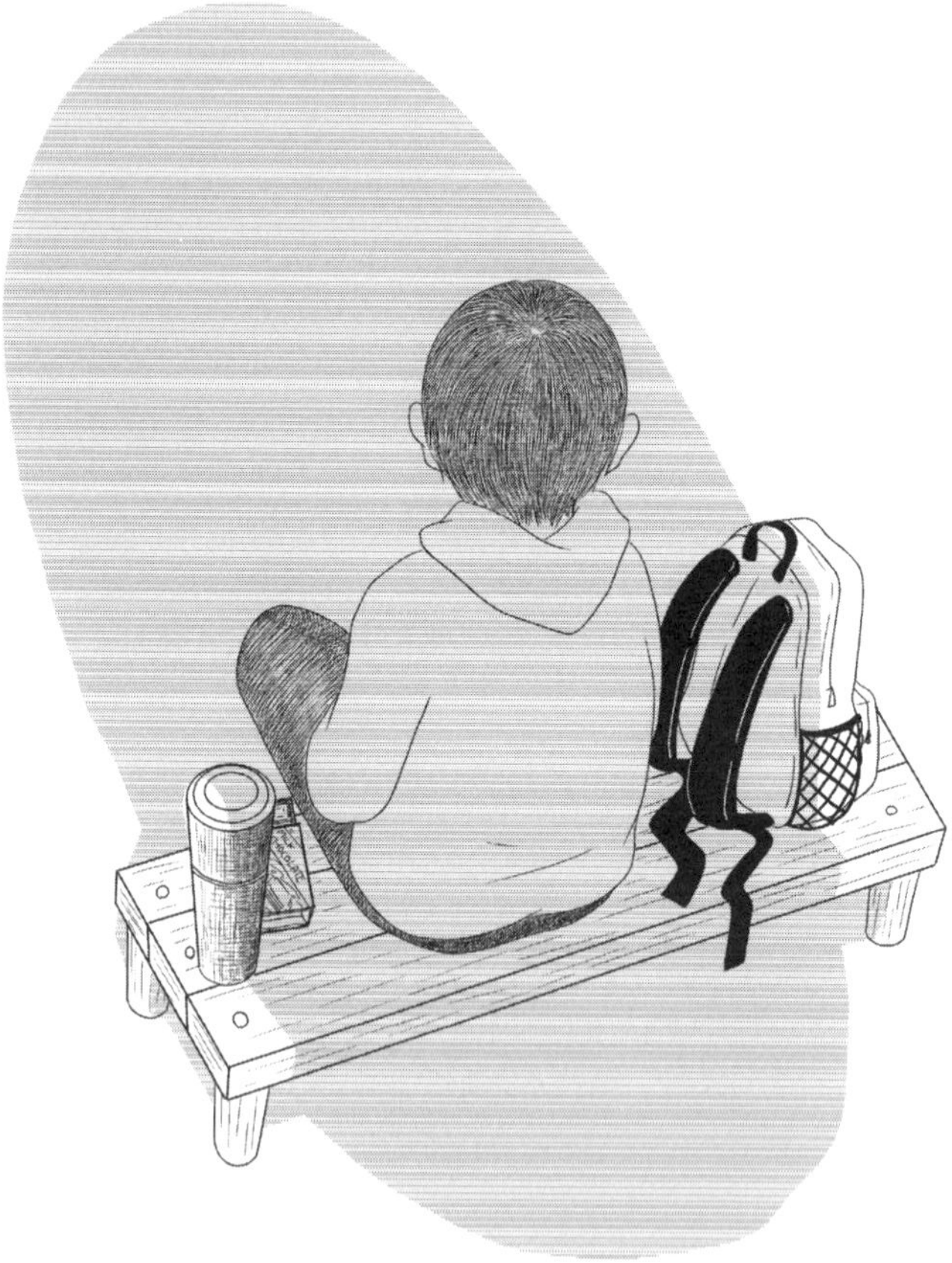

「後《うし》ろに大きな何かがあるのか？」

振《ふ》り向いても、登山客で賑《にぎ》わう光景が広がっているだけだ。

光を遮《さえぎ》るくらい大きい物は見当たらない。

そもそも山にそんな大きい物を持って登る人なんていない。

ちょうど食事も終わったし、

ボクは気にせず、立ち上がった。

影《かげ》はもう見えなかった。

ボクの後《うし》ろで子どもの声がした。

「わあ。でっかい影《かげ》」

振《ふ》り向くと、幼稚園《ようちえん》くらいの男の子が

ボクを指さしていた。

「こら！　指さしはいけません」

「だって大きい影《かげ》が」

その子のお母さんは、男の子をたしなめると、

ボクに向かって、頭を下げた。

ボクも気にしてないと伝えるため、

軽く頭を下げながら思った。

「でっかい影《かげ》ってなんだ」

山道に入り、下りはじめる。

頭上で青葉を揺《ゆ》らす風が激《はげ》しく吹《ふ》いていた。

ボクはまるで風に乗るような勢《いきお》いで、
グングン歩いた。
山道の下りは、
登りより慎重《しんちょう》に歩かなくてはいけない。
そう思いながらも、勢《いきお》いは止まらない。
胸《むね》が高鳴る弾《はず》んだ気持ちと、
「飛ばし過《す》ぎだ」という気持ちが、
心の中で混《ま》じり合っている。
もうすぐ滝《たき》だ。
滝《たき》の近くの道は湿《しめ》り気《け》が多く、滑《すべ》りやすい。

気をつけなくてはいけない。

けれど足だけ別の生き物のようだ。

どうっという音とともに、風が木々を揺《ゆ》らした。

「あっ」と思った瞬間《しゅんかん》、
ボクは足を滑《すべ》らせて転倒《てんとう》した。

「大丈夫《だいじょうぶ》ですか!?」

滝《たき》の近くにいた男性《だんせい》が駆《か》け寄《よ》ってきた。

本格的《ほんかくてき》な登山の服装《ふくそう》をしているから、
ボランティアのガイドさんかもしれない。

「大丈夫《だいじょうぶ》です。足もくじいてないです」

ボクたちの頭の上で、ごうごう風が唸《うな》る。
風の音は、滝《たき》の音と響《ひび》き合うように聞えた。
風はひとしきり唸《うな》ると、
すうっと山に吸《す》い込《こ》まれるように消えた。
男性《だんせい》が言った。
「青嵐《せいらん》に、憑《つ》かれたのかな」
きょとんとしたボクに向かい、男性《だんせい》はこう続けた。
「この季節には山の気配《けはい》に、
時々好かれる人がいるんだよ」

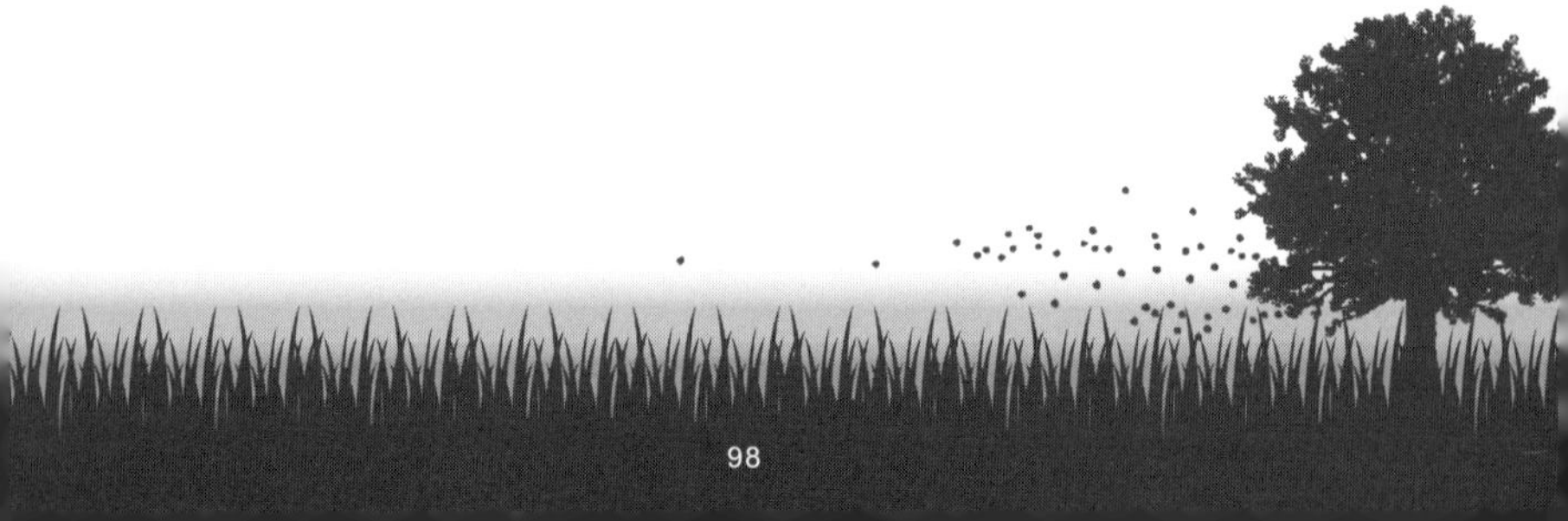

春 6月

怪談《かいだん》

五月闇《さつきやみ》

「学校に忘《わす》れ物？」

「うん」

六月の夕方のことだ。

兄が部活動から帰《き》宅《たく》するのを待って、

ボクは兄に打ち明けた。

兄は壁《かべ》の時計を見た。

もう六時半を過《す》ぎていた。

帰《き》宅《たく》してから、いろいろやることがあって、

すっかり忘《わす》れていたと言い訳《わけ》した。

「どうしても要《い》るものなの？」

ボクはうなずいた。
兄は中学生、ボクは小五だ。
小学校は家から歩いて二十分ほどのところにある。
一時間くらい前には、忘《わす》れ物に気づいてはいたが、
一人で取りに行くのは嫌《いや》だった。
通学路の途中《とちゅう》にある空《あ》き地《ち》の横を通るのが、
なぜか怖《こわ》かったからだ。
兄といっしょに行きたいと思って、
ぐずぐずしていたのだ。
兄はため息をつくと、

「仕方ないな。
母さんが仕事から帰ってくる前に、取りに行こう。
けど学校に誰《だれ》もいなかったら、諦《あきら》めろよ」
外はもうすっかり暗くなっていた。
朝から降っている雨は、まだ止《や》まない。
霧《きり》のように細かい雨粒《あまつぶ》が街灯の灯《あか》りを滲《にじ》ませている。
「じゃあ、行こうか」
後《うし》ろで兄が大きな黒い傘《かさ》を開いた。
小学校は駅とは反対方向だから、

人通りも少ない。

辺りの暗さとカーテンのような雨で、

隣《となり》にいる兄がすごく遠くにいるように感じた。

しばらく歩くと、あの空《あ》き地《ち》が見えてきた。

「この空《あ》き地《ち》が、なんとなく嫌《いや》なんだ」

ボクは呟《つぶや》いた。

「だろうな」

兄が意味ありげに答える。

「脅《おど》かさないでよ」

「ただの空《あ》き地《ち》だよ」

兄が笑って答える。

怖《こわ》がりのボクをからかったんだ。

「あれ!?」

兄が急に立ち止った。

ボクも足を止める。

兄は空《あ》き地《ち》の方をじっと見ていた。

街灯の光が届《とど》いていないのでよくは見えないが、
うっすらと何かがある。

「あれ見えるか?」

ボクはじっと目を凝《こ》らした。

「赤い傘《かさ》？」

子ども用の傘《かさ》に隠《かく》れて、うずくまるような小さい影《かげ》。

「だよな」

雨の中、子どもが一人で外にいる時間じゃない。

兄は空《あ》き地《ち》に足を踏《ふ》み入れた。

ボクも兄の後《あと》に続く。

街灯の光がすごく遠く感じる。

「ねえ、大丈夫《だいじょうぶ》？」

ボクは兄に促《うなが》されて声をかけた。

返事はない。

赤い傘《かさ》がゆっくりと回った。
雨粒《あまつぶ》がぼうっと光って、
傘《かさ》の周りに浮《う》いている。
その瞬間《しゅんかん》、兄がボクの腕《うで》をぎゅっと掴《つか》み、
強く引《ひ》っ張《ぱ》った。
そしてボクを掴《つか》んだまま、
空《あ》き地《ち》から出ようとしている。
靴《くつ》についた泥《どろ》の感触《かんしょく》が気持ち悪い。
街灯のある道に出ると、
兄はやっと手を緩《ゆる》めた。

「どうしたの?」

兄は黙《だま》って空《あ》き地《ち》を指さした。

赤い傘《かさ》があった辺りには、濃《こ》い闇《やみ》が広がっているだけだった。

なんでこんなに暗いのに、赤い傘《かさ》があると思ったのだろう?

赤い傘《かさ》なんて、どこにも見えなかった。

すると闇《やみ》の中で、何かが渦《うず》を巻《ま》くように動いた。

そしてゆっくりだが、ずるずる道の方に動き出していた。

全身に鳥肌《とりはだ》が立った。

「帰ろう」

兄がもと来た道を、駆《か》け出した。

ボクも後《あと》に続く。

家にたどり着いても、さっきのことを

二人とも口に出すことはなかった。

それから三日間、

ボクは熱を出して学校を休んだ。

春　6月

怪談《かいだん》

水たまり

雨の交差点で信号待ちをしている。
ふいに水の匂《にお》いに混《ま》ざって、
甘《あま》い匂《にお》いが鼻をついた。
ガードレールの脇《わき》に、
まだ新しい百合《ゆり》の花束《はなたば》と
ペットボトルなんかが供《そな》えてあった。
「事故《じこ》があった？」
うす赤い水たまりがある。
きっと信号機の赤いライトが、
反射《はんしゃ》しているのだろう。

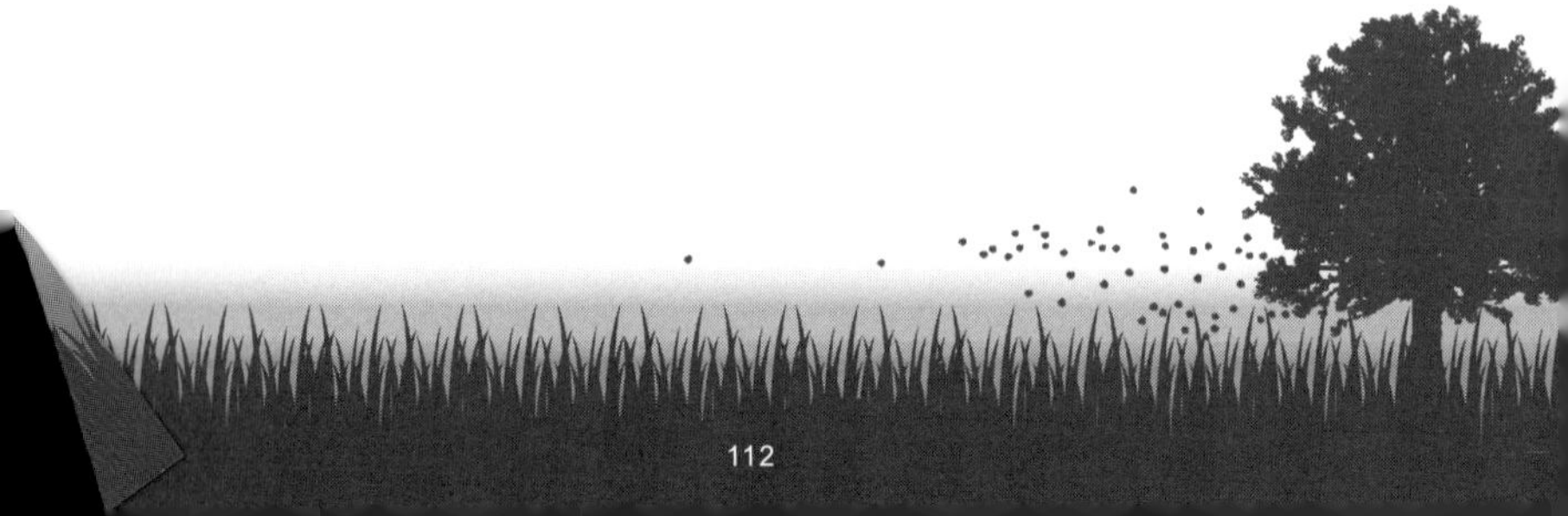

けれど妙《みょう》に生々《なまなま》しかった。

雨の寒さとは別に背中《せなか》が寒くなった。

こんな時ほど、信号が変わるのが遅《おそ》く、

周りには誰《だれ》も人がいない。

「じろじろ見ないようにしよう」

そう思うが、なぜか目が吸《す》い寄《よ》せられた。

お供《そな》えの中に、

わたしのお気に入りのキャラクターのマスコットがあった。

わたしのリュックにも同じキャラクターで、

別の種類のマスコットがついている。

自宅《じたく》マンションの入り口で、
ロックを解除《かいじょ》していると、
くぃっ
肩《かた》を引《ひ》っ張《ぱ》られた気がした。
びっくりして振《ふ》り返る。
誰《だれ》もいない。
「気のせいか」
エントランスに入る時、
リュックのマスコットが、
ポトッと落ちた。

拾《ひろ》いあげるわたしの横を、
甘《あま》い香《かお》りの風が通り過《す》ぎた。
翌朝《よくあさ》も雨だった。
しかも少し寝坊《ねぼう》してしまった。
急いで身支度《みじたく》をして部屋を出る。
エレベーターを降りて、
エントランスから表に出ると
目の前に赤い水たまりがあった。
今日も花束《はなたば》のある交差点で信号待ちをする。
ふいに、花の匂《にお》いが傘《かさ》の中に広がった。

思わずガードレールの方を見ると、
置いてあるマスコットが、
昨日《きのう》見た物とは変わっているのに気づいた。
しかも、わたしのと同じ物に。

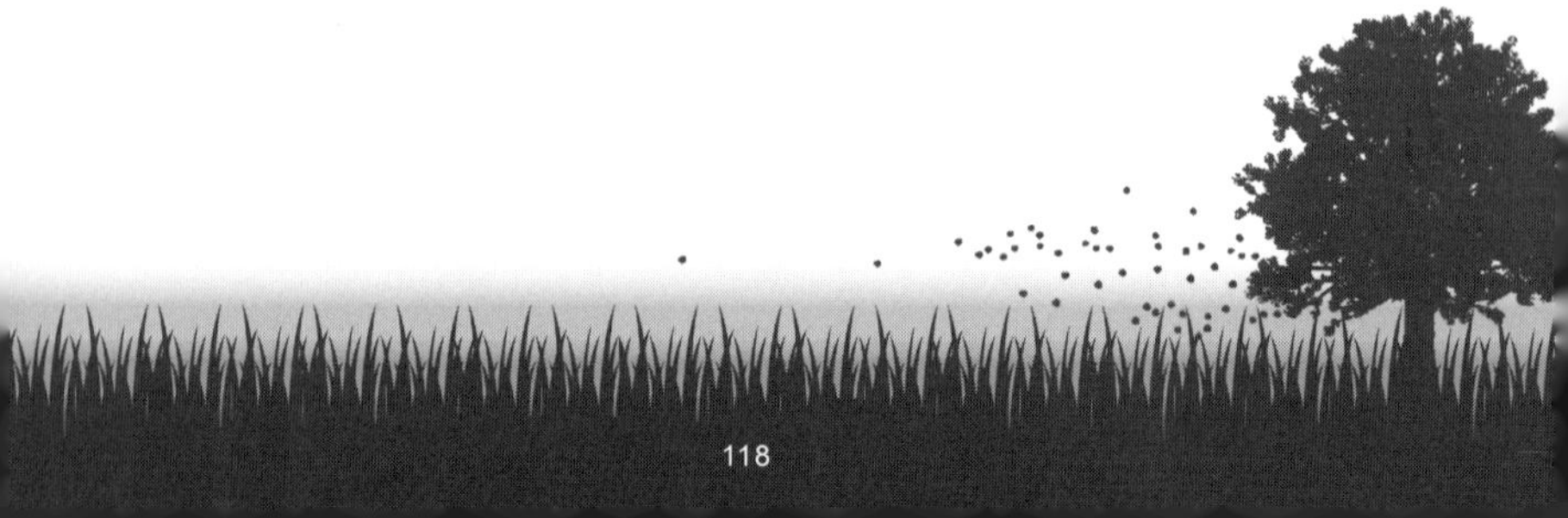

春　6月

怪談《かいだん》

夏《な》越《ごし》の祓《はらえ》

『夏越《なごし》の祓《はらえ》』とは、

一年の折り返し点である六月三十日におこなわれる日本古来の行事だ。

一月から六月までの間に積もった穢《けが》れを祓《はら》い、

残り半年の無病息災《そくさい》を祈願《きがん》する。

神社には大きな『茅《ち》の輪《わ》』が設《もう》けられ、

これをくぐり、厄《やく》を祓《はら》う。

また、身代《みが》わりの人形《ひとがた》に息を吹《ふ》きかけて流す。

現代もおこなわれている祓《はら》いである。

この日本においては八百万《やおよろず》の神々がいて、

中には災厄《さいやく》をもたらす神もいる。

その中でも恐《おそ》ろしく、祓《はら》いが難《むずか》しい神とは、
どなたであろう？
それはたとえば祟《たた》り神《がみ》、怨霊《おんりょう》として知られ、
恐《おそ》れられている神だろうか。
一概《いちがい》にそうとは言えないかもしれない。
こんな話を聞いたことがある。
ある日Aは、
「うわぁーん」とも、「ぶぅーん」とも聞える
微《かす》かな唸《うな》りを感じた。
大都会のスクランブル交差点。

信号待ちの人々が大勢《おおぜい》いるから、
話し声や物音がこんな音になって響《ひび》くのだろうと、Aは思った。
信号が青に変わる。一斉《いっせい》に歩き出す人々。
その中に異様《いよう》な男性《だんせい》がいた。
黒く細かい粒状《つぶじょう》の何かが、
顔の周りで渦《うず》を巻《ま》いている。
その人はスマートフォンで話しながら通り過《す》ぎていく。
思わず振《ふ》り返って見ると、
黒い粒《つぶ》はやはり彼《かれ》にまとわりついている。
ふいに小さい黒点が二つ、三つ、

群《む》れを離《はな》れ、Aの方に飛んできた。

「虫？」

ゾッとして走って逃《に》げた。

虫は追ってこなかった。

こんな話を聞いたことがある。

ある朝Bは駅で突然《とつぜん》、呼《よ》び止められた。

「久《ひさ》しぶり！　元気だった？

去年の同窓会《どうそうかい》以来じゃない」

矢継《やつ》ぎ早《ばや》に話しかけてきたのは、

高校の時の同級生だと思う。

「『思う』ってなんだ？　って、思うでしょう。
変なんですよ。声は同級生の子なのに、
それがこう、なんていうのかな。
黒いビーズを顔の前に垂《た》らしているみたいで、
ザラザラしたものが邪魔《じゃま》で、
はっきり見えなくて」
Bは申《もう》し訳《わけ》なく思いながらも、
急いでいるからと、その子から離《はな》れた。
五月蠅《さばえ》は邪神《じゃしん》の総称《そうしょう》だという。
小蠅《さばえ》、狭蠅《さばえ》とも書く。

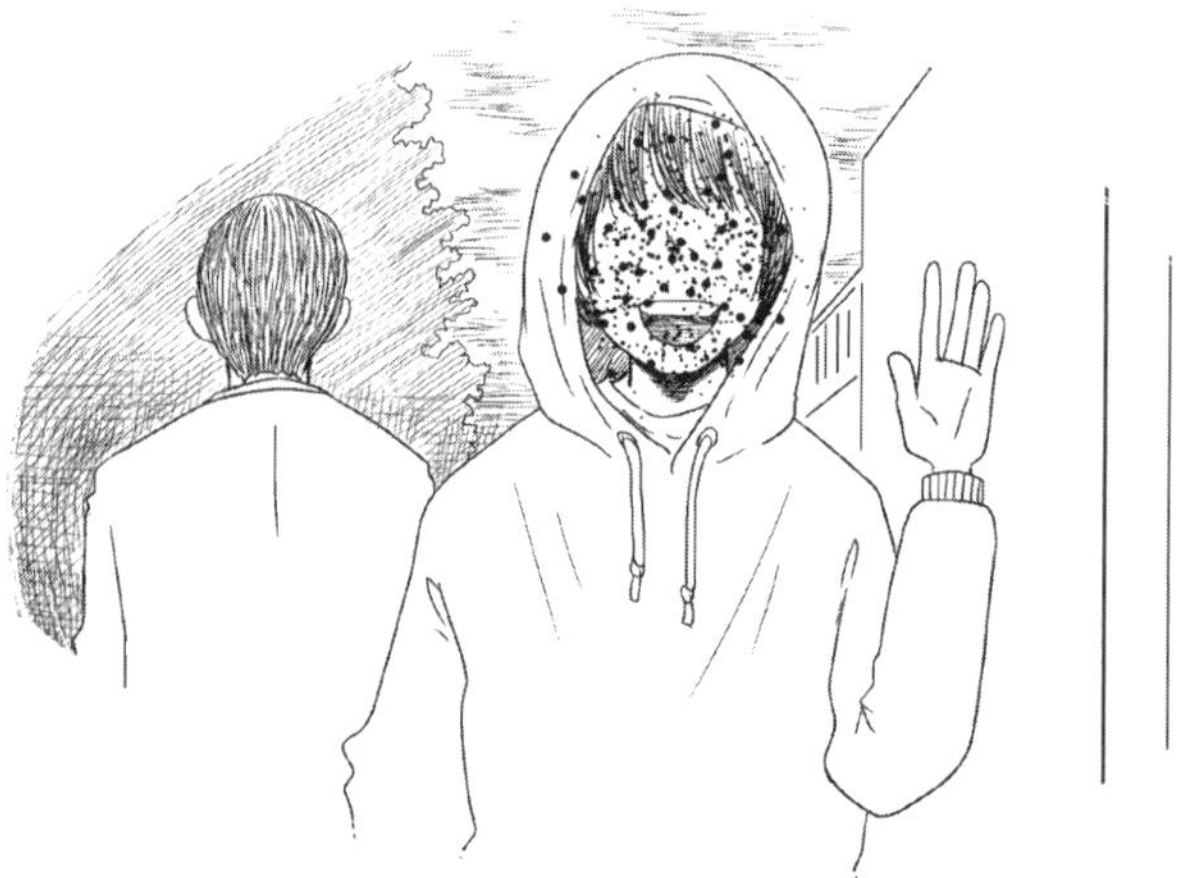

『古事記《こじき》』、『日本書紀《にほんしょき》』にも記述《きじゅつ》があり、
小さな蠅《はえ》が群《む》がり騒《さわ》ぐ様子《ようす》から、
荒《あら》ぶり、暴《あば》れ騒《さわ》ぐ神にたとえられた。
旧暦《きゅうれき》五月（今の暦《こよみ》で六月）は梅雨《つゆ》の最中で、
疫病《えきびょう》の流行する時期でもあった。
古代の人々は、
疫病《えきびょう》をもたらすものを蠅《はえ》のような姿《すがた》の悪鬼《あっき》と考え恐《おそ》れた。
それは小さいが、群《む》れてしつこくつきまとう。
穢《けが》れの象徴《しょうちょう》のようなものなのだそうだ。
何度追《お》い払《はら》ってもまた集まるため、

祓《はら》い難《がた》い神なのだそうだ。
「『穢《けが》れ』というと、現代の人は
ピンと来ないかもしれませんが、
ゴミを放置すると、そこにまたゴミが溜《た》まる、
そう考えればわかりやすいでしょう。
ゴミを捨《す》てる日があるように、
祓《はら》いも必要なのです」とのことだ。
今すれ違《ちが》った人は大丈夫《だいじょうぶ》だったかな?

春 6月

怪談《かいだん》

雨夜の客

Tの祖父母《そふぼ》は中華《ちゅうか》料理店を営《いとな》んでいる。

昔風の味が美味《おい》しいと評判《ひょうばん》の店で、

行列ができることもあった。

Tの両親は会社勤《づと》めをしているので、

Tは放課後や、休みの日には、

いつも積極的に店の手伝いをしていた。

Tは店の仕事に興味《きょうみ》があった。

それに祖父《そふ》が料理をつくる姿《すがた》を、

見るのが好きだった。

ただTには、

一つだけ疑問《ぎもん》に思うことがあった。
毎年、梅雨《つゆ》に入ると、
祖父《そふ》は天気予報をとても気にしていた。
一週間予報で、雨マークが並《なら》ぶことがある。
そんな時、祖父《そふ》は六日目には必ず、
日が暮《く》れる前に店を閉めてしまうのだ。
「雨続きだと、お客さんが少ないからかな」
Tは気をつけて見ていたが、
そういう訳《わけ》でもないようだ。
ある土曜日、Tは昼から店を手伝っていた。

月曜日からの雨が、
ずっと止《や》まずに、降り続いている。
一週間近くも降り続くと町全体が、
暗い灰色《はいいろ》の水の中に沈《しず》んでいるようだ。
外が薄暗《うすぐら》くなりはじめた。
祖父《そふ》がコンロの火を消した。
「店じまいだ」
Tは祖父《そふ》に言われ、外の暖簾《のれん》を外《はず》した。
「準備中《じゅんびちゅう》」の札《ふだ》を出す頃《ころ》には、
辺りはすっかり暗くなっていた。

店が閉まっているのを見て、
残念そうに帰る人影《ひとかげ》がガラス戸に映《うつ》る。

Tは、なんとなく申《もう》し訳《わけ》ないような気分になったが、
それ以上に、祖父《そふ》の体の具合が、心配になった。

Tは祖父《そふ》に尋《たず》ねた。

「おじいちゃん。

もしかして、雨が続いてどこか具合が悪いの？」

「いいや。どこも悪くない」

祖父《そふ》は静かに答えた。

「じゃあ、どうして？」

そんなTの質問《しつもん》を無視《むし》するように、
祖父《そふ》は店の掃除《そうじ》をはじめた。
「ボクも手伝うよ」
「いや、大丈夫《だいじょうぶ》だから、早く帰れ」
Tはいまさらのように気がついた。
早《はや》じまいの日は、いつも用事を言いつけられ、
早く家に帰される。
それ以外の日は、片《かた》づけを手伝った後《あと》に
夕食をいっしょに食べるのに。
「今日はどうしても理由を知りたい」

Tは意地になって、店の掃除《そうじ》をはじめた。
「Tちゃん。もう大丈夫《だいじょうぶ》だから、
早く帰りなさい」
いつも微笑《ほほえ》んでいるやさしい祖母《そぼ》までが
そう言い募《つの》った。
「何かある」
Tは無言で片《かた》づけを続けた。
店の前の道路を自動車が通り過《す》ぎるたび、
ヘッドライトの光が右から左に走る。
「今何時だろう」

Tは空腹《くうふく》を感じて、時計を見た。
七時十五分。
バンバンッ
店の扉《とびら》が大きな音をたてた。
ガラス戸の向こうに何かがいる。
映《うつ》っている影《かげ》はゆがんでいた。
ぐにゃぐにゃで人のようには見えない。
店内の空気がグングン冷えていく。
Tは驚《おどろ》いて、祖父《そふ》の傍《かたわ》らに寄《よ》り添《そ》った。
バンッバンッ

またガラス戸が叩《たた》かれた。
祖父《そふ》は無言でTを見つめた。
「黙《だま》っていろ」と目が告《つ》げている。
Tはくちびるを噛《か》み締《し》めた。
祖母《そぼ》はいつの間にか、いなくなっていた。
たぶん奥《おく》の部屋に行ったのだろう。
微《かす》かに線香《せんこう》の匂《にお》いが漂《ただよ》ってきた。
奥《おく》の部屋には仏壇《ぶつだん》がある。
店を開《あ》けている間は、匂《にお》うといけないから、
線香《せんこう》は焚《た》かない。

祖父《そふ》は声に出さず、

口の中で何かを呟《つぶや》いている。

バババババババッ

激《はげ》しい雨粒《あまつぶ》が叩《たた》きつけられるように、

小刻《こきざ》みにガラス戸が揺《ゆ》れ、ふいに静かになった。

外を自動車のライトが通り過《す》ぎた。

ジリジリジリ

店の奥《おく》にある電話のベルが鳴った。

祖母《そぼ》が電話の応対《おうたい》をしている。

Tは肩《かた》の力が抜《ぬ》け、椅子《いす》に座《すわ》り込《こ》んだ。

祖父《そふ》は何事もなかったかのように、
厨房《ちゅうぼう》に入ると、コンロに火を入れた。

「あれ、何?」

「何か食べていくだろう?」

祖父《そふ》は質問《しつもん》が聞えなかったようだ。

「ねえ、じいちゃん。あれ何?」

Tは大きな声で再び尋《たず》ねた。

料理の香《こう》ばしい匂《にお》いが漂《ただよ》う。

「わからん。

梅雨《つゆ》時だけ、雨が六日続くと来る。

だから店を閉める。
客と鉢合《はちあ》わせしたらいかんからな」
「あれが何か、確《たし》かめようと思わないの？」
祖父《そふ》はTをなだめるように言った。
「『君子《くんし》危《あや》うきに近寄《ちかよ》らず。君子《くんし》、怪力乱神《かいりょくらんしん》を語《かた》らず』。
孔子《こうし》の言葉だ。
学校で習わなかったか？」

あとがき

「怪談《かいだん》十二か月　春」を手に取ってくださって、ありがとうございます。

作者の福井《ふくい》蓮《れん》です。

日本の四季のなかで、際立《きわだ》って華《はな》やかなのは、春ではないでしょうか。

また春から初夏にかけての季節は、全てが動きはじめるときでもあります。

花々が咲《さ》き、瑞々《みずみず》しい新緑となり、雨がそれらの風景に、豊《ゆた》かな影《かげ》を添《そ》えます。

光と影《かげ》が織《お》りなす世界を身近に感じられる季節でもあると思います。

地球温暖化《おんだんか》の影響《えいきょう》などで年を追うごとに、季節の境界《きょうかい》があいまいになっているという意見があります。

いつまでも、四季の豊《ゆた》かさを誇《ほこ》れる国であるように、願いをこめて、春から初夏の物語を書きました。

「怪談《かいだん》十二か月」は、季節ごとの不思議な話をみなさんに届《とど》けて参りました。

八百万《やおよろず》の神が住むといわれるこの国の色《しき》彩《さい》の豊《ゆた》かさを、少しでも感じていただければ幸いです。

福井《ふくい》　蓮《れん》

著●福井 蓮（ふくい れん）

東京都出身。小学生の時、学校の七不思議のうち、4つを体験したことがある。

それ以来、心霊現象、怪談、オカルトなど不可思議な現象を探求し続ける。

特技：タロット占い。2012年深川てのひら怪談コンテスト 佳作受賞。

著書に「意味がわかるとゾッとする話 3分後の恐怖2期」「ほんとうにあった! ミステリースポット」「いにしえの言葉に学ぶ きみを変える古典の名言」（以上、汐文社）などがある。

挿絵・イラスト●下田 麻美（しもだ あさみ）
中央美術学園卒業後、フリーのイラストレーターとして活動。
最近では別名義シモダアサミとして漫画の執筆活動も行っている。
主な作品に『中学性日記』（双葉社）、『あしながおねえさん』（芳文社）などがある。

装丁イラスト●あかゐいと（あかいいと）
米ひゐろ、緒方沁、紗嶋による和風特化イラストチーム。
個人でも活動している。

怪談十二か月 春 花散《ち》らす雨の記憶《きおく》

2025年 3 月 初版第 1 刷発行

著 者 福井 蓮
発 行 者 三谷 光
発 行 所 株式会社 汐文社
東京都千代田区富士見 1 - 6 - 1
富士見ビル 1 階 〒102-0071
電話03-6862-5200 FAX03-6862-5202
https://www.choubunsha.com/
印 刷 新星社西川印刷株式会社
製 本 東京美術紙工協業組合

ISBN978-4-8113-3133-1 NDC387